MŒBIUS
ALPTRAUM IN WEISS

Edition
comicArt
IM CARLSEN VERLAG

EDITION COMIC ART im Carlsen Verlag
Lektorat: Andreas C. Knigge
1. Auflage Oktober 1990
© Carlsen Verlag GmbH · Hamburg 1990
Aus dem Französischen von Resel Rebiersch
CAUCHEMAR BLANC
Copyright © 1989 by Humanoides Associes, Paris
Lettering: Gerhard Förster
Druck und buchbinderische Verarbeitung:
Casterman (Tournai/Belgien)
Alle deutschen Rechte vorbehalten
ISBN 3-551-72102-5
Printed in Belgium

ALPTRAUM IN WEISS

DAS IST EINER! ICH BIN GANZ SICHER, DAS IST EINER!

WAS IST? GEH'N WIR RAN?

OKAY, GEH'N WIR RAN!

HERR BARJOUT!!
MEIN KNIE...!
IST ER TOT?
WAS IST DA LOS?
SCHEISSE!... BARJOUT IST BEWUSSTLOS!
DER WAGEN HAT AUCH GANZ SCHÖN WAS ABGEKRIEGT!
HOL IHN WEG VOM STEUER... UND AB HIER!
JOCHEN! ... DER LIEFERWAGEN!
EIN UNFALL...!
SO EIN MIST... MEIN LIEFERWAGEN!
UNSERE KISTE IST IM ARSCH. SCHEISSE AUCH.
BARJOUT!
GUCK MAL, DER KANACKE STEHT IMMER NOCH DA! SIEHT BEINAH AUS, ALS OB DER ...
TRANSPORT
LAVAL
BAR

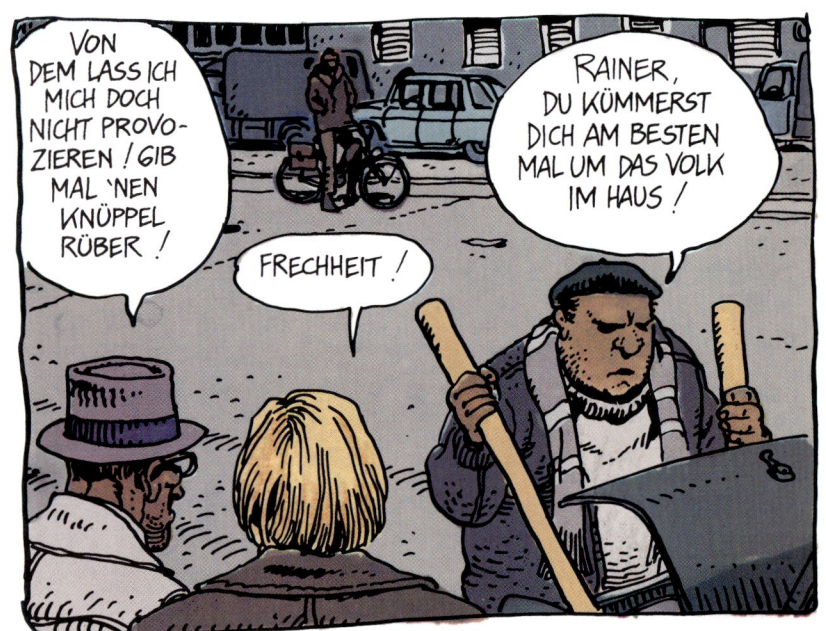

Panel 1:
— VON DEM LASS ICH MICH DOCH NICHT PROVOZIEREN! GIB MAL 'NEN KNÜPPEL RÜBER!
— FRECHHEIT!
— RAINER, DU KÜMMERST DICH AM BESTEN MAL UM DAS VOLK IM HAUS!

Panel 2:
— PASS AUF, DASS DU DICH NICHT ERKÄLTEST, JOCHEN!
— JA, JA.
— DIE SOLLEN BLOSS SCHNELL DAS VERSICHERUNGSFORMULAR UNTERSCHREIBEN.

Panel 5:
— DU ARABERSCHWEIN, M-MACH, DASS DU Z-ZURÜCKKOMMST ZU DEINEN DRECKIGEN LANDSLEUTEN, SONST MACH ICH DIR BEINE! IST DAS K-KLAR?!
— LOS, HANS-DIETER, HAU IHM AUF DIE RÜBE! HAU DRAUF, MANN!
— HE, ARABER, BEWEG DEINEN ARSCH! STEH NICHT SO DÄMLICH RUM!

Panel 1:
- SIEH MAL DA, DIE BEIDEN MÄNNER, GERLINDE, WAS DIE MACHEN!
- DAS IST EIN ÜBERFALL!
- WAS WOLLEN DIE DENN??
- DEM POLIER ICH DIE FRESSE!
- HÖR MAL, BERND, WOLLEN WIR HIER WURZELN SCHLAGEN?

Panel 2:
- ?
- WAS MACHEN SIE DENN DA? SIE WOLLEN DOCH NICHT ETWA EINEN MANN ANGREIFEN, DER SICH NICHT MAL WEHRT! SIE...! LASSEN SIE DAS, JA!

Panel 3:
- WAS? HALT DIE KLAPPE UND VERZIEH DICH, DU FLITTCHEN!
- FLITTCHEN!?... ICH?

Panel 4:
- DAS NEHMEN SIE ABER ZURÜCK, DASS MEINE FREUNDIN EIN FLITTCHEN SEIN SOLL! UND AUSSERDEM, WAS HABEN SIE EIGENTLICH MIT DEN KNÜPPELN VOR?

Panel 5:
- PASS MAL AUF, ONKEL: WAS DA DRAUSSEN ABLÄUFT, HAT DICH NICHT ZU INTERESSIEREN, KLAR? ALSO, SEI BRAV UND LEG DICH WIEDER INS BETT.
- ABER... WIR MÜSSEN WENIGSTENS DIE MELDUNG FÜR DIE VERSICHERUNG AUSFÜLLEN!... ICH MEINE, DAS IST FÜR SIE GENAUSO VON VORTEIL WIE FÜR MICH, WENN WIR DEN UNFALL DER VERSICHERUNG MELDEN...
- WAS IST DENN DA EIGENTLICH LOS?

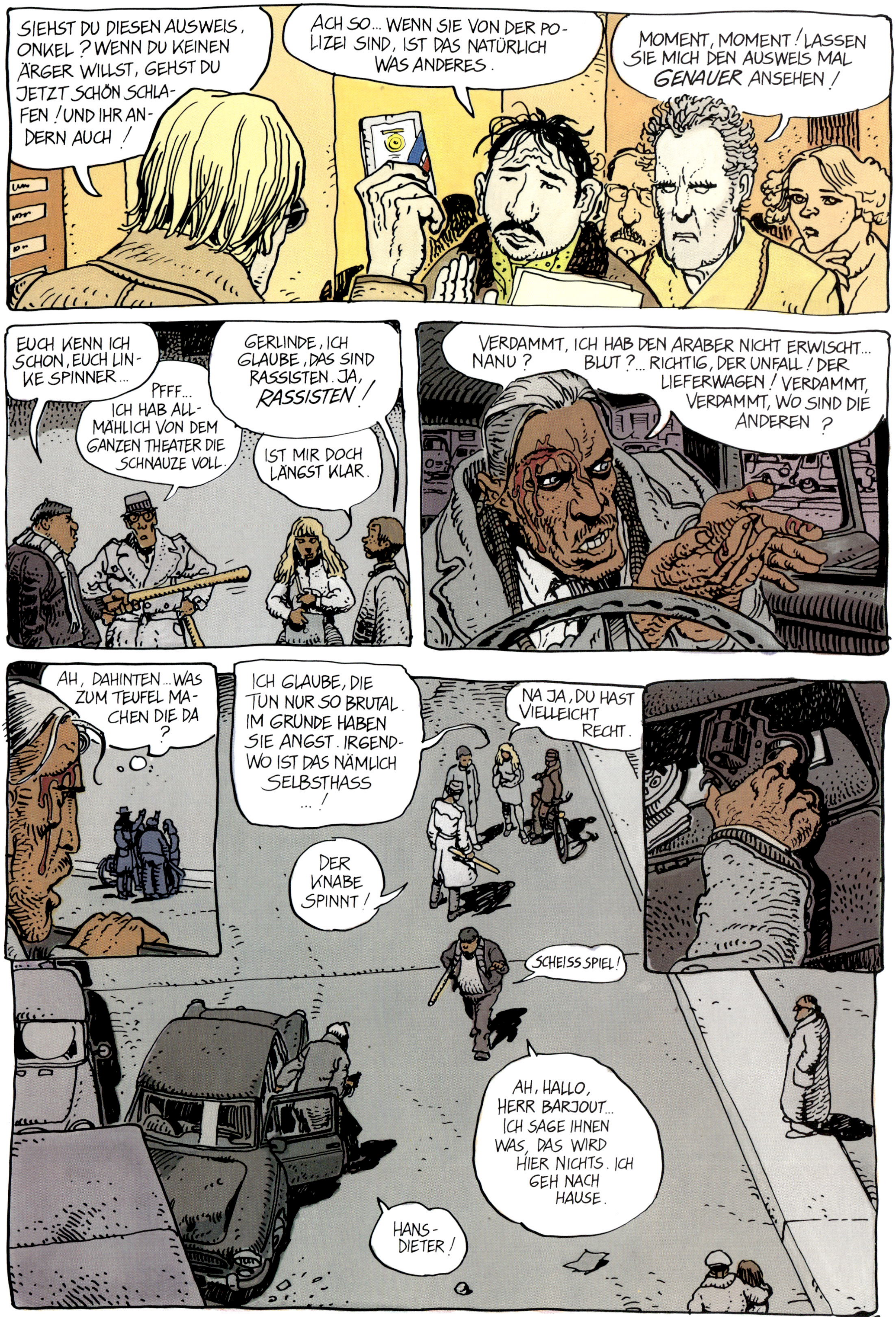
SIEHST DU DIESEN AUSWEIS, ONKEL? WENN DU KEINEN ÄRGER WILLST, GEHST DU JETZT SCHÖN SCHLAFEN! UND IHR ANDERN AUCH!
ACH SO... WENN SIE VON DER POLIZEI SIND, IST DAS NATÜRLICH WAS ANDERES.
MOMENT, MOMENT! LASSEN SIE MICH DEN AUSWEIS MAL GENAUER ANSEHEN!
EUCH KENN ICH SCHON, EUCH LINKE SPINNER...
PFFF... ICH HAB ALLMÄHLICH VON DEM GANZEN THEATER DIE SCHNAUZE VOLL.
GERLINDE, ICH GLAUBE, DAS SIND RASSISTEN. JA, RASSISTEN!
IST MIR DOCH LÄNGST KLAR.
VERDAMMT, ICH HAB DEN ARABER NICHT ERWISCHT... NANU? BLUT?... RICHTIG, DER UNFALL! DER LIEFERWAGEN! VERDAMMT, VERDAMMT, WO SIND DIE ANDEREN?
AH, DAHINTEN... WAS ZUM TEUFEL MACHEN DIE DA?
ICH GLAUBE, DIE TUN NUR SO BRUTAL. IM GRUNDE HABEN SIE ANGST. IRGENDWO IST DAS NÄMLICH SELBSTHASS...!
NA JA, DU HAST VIELLEICHT RECHT.
DER KNABE SPINNT!
SCHEISS SPIEL!
AH, HALLO, HERR BARJOUT... ICH SAGE IHNEN WAS, DAS WIRD HIER NICHTS. ICH GEH NACH HAUSE.
HANS-DIETER!
6

GEBEN SIE MEINEN AUSWEIS HER!
SIEH MAL EINER AN... DAS IST GAR KEIN POLIZEIAUSWEIS! DAS IST EIN AUSWEIS VOM S.A.C.K.
SACK? WAS FÜR EIN SACK, HERR MUÑOZ?
S.A.C.K. IST WAS POLITISCHES, IRGENDSO EINE UNBEDEUTENDE GRUPPIERUNG.
GEBEN SIE... ÄH, GEBEN SIE HER! ÜBRIGENS... MUÑOZ, DAS IST DOCH SPANISCH, ODER? ALSO HALT DEINE FRESSE, SONST SCHICKEN WIR DICH GANZ SCHNELL MIT EIN PAAR ARSCHTRITTEN ZURÜCK ÜBER DIE GRENZE! FRANCO WARTET BLOSS AUF SOLCHE WIE DICH! ICH HABE NÄMLICH FREUNDE AN HÖCHSTEN STELLEN, UND DIE KÖNNEN DIR GANZ SCHÖN FEUER UNTERM HINTERN MACHEN!
IN DIESEM TON SOLLTEN SIE ABER NICHT MIT HERRN MUÑOZ REDEN, JUNGER MANN! HERR MUÑOZ IST POLIZEIKOMMISSAR IN DIESEM BEZIRK!
SCHEISSE!... BINDET IHR MIR ETWA EINEN BÄREN AUF?
ICH BIN SEIT GENAU ZEHN JAHREN KOMMISSAR. DEN AUSWEIS BEHALTE ICH MAL.
WAS HABT IHR DENN?
IHRE FREUNDE HABEN MEINUNGSVERSCHIEDENHEITEN.
HALTEN SIE SICH AUS DER SACHE RAUS, HERR BARJOUT! DER IDIOT VERSAUT ALLES! GEHEN WIR LIEBER...!
LASS MICH LOS, MANN! DEM ARABER SCHLAG ICH DIE SCHNAUZE EIN! DER HAT AN ALLEM SCHULD!
LASS MICH LOS, SAG ICH! AUF WELCHER SEITE STEHST DU EIGENTLICH, HE?
ABER... DIE GANZEN LEUTE HIER... UND SIE HABEN AM KOPF WAS ABGEKRIEGT, HERR BARJOUT... SIE WISSEN JA NICHT, WAS SIE TUN...
VORSICHT!
?
PAN

MEIN GOTT, DER ARME KERL !
FURCHTBAR !
HANS-DIETER ! DAS HAB ICH NICHT GEWOLLT... !
AAAHHHH !... TUT DAS WEEEH ! AAH... WIE WEH DAS TUT !
GEBEN SIE DIE WAFFE HER !
OOO NEIN...
JEMAND MUSS DEN NOTARZT RUFEN !
ODER DIE POLIZEI...
DER DA IST AN ALLEM SCHULD ! DER ARABER ! ER HAT ABSICHTLICH EINEN UNFALL VERURSACHT, DER TÖDLICH HÄTTE ENDEN KÖNNEN !
DAS STIMMT NICHT ! WIR HABEN VERSUCHT, DEN ARABER ZU ÜBERFAHREN, ABER ER IST AUSGEWICHEN. UND SIE PINSEL HABEN DIE KONTROLLE ÜBER DAS AUTO VERLOREN, IN DEM WIR MIT VIER MANN SASSEN !!
ABER BERND...
AUU!
AAAAAAAAAAAHHHH...
BARJOUT! DU HAST UNS ZU DIESEM VERBRECHEN ANGESTIFTET !
DU SCHWEIN !

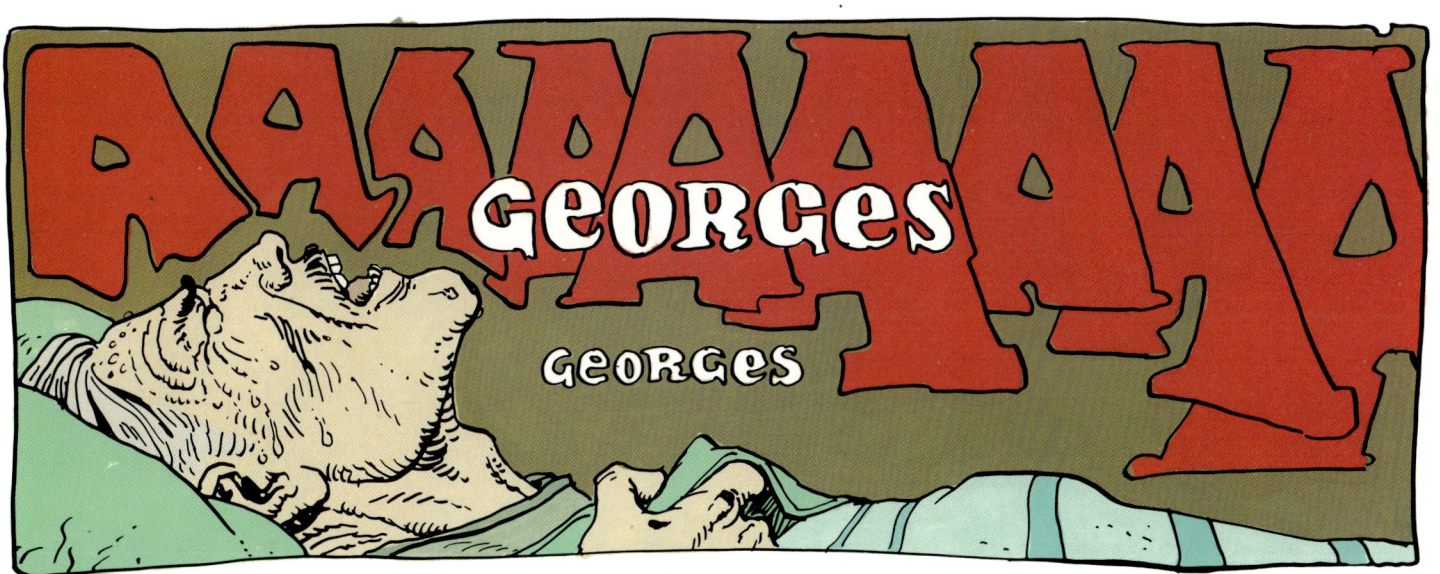

AAAAAAAAA GEORGES
Georges

— HE, GEORGES, WACH AUF! ES IST SO-WEIT!

— DAS HATTE NICHTS ZU BEDEUTEN... WAHRSCHEINLICH BLOSS EIN ALPTRAUM. VIELLEICHT LAG'S AN DEM FONDUE VON GESTERN ABEND... ES IST SCHON FÜNF, JETZT KOMMEN SIE BESTIMMT GLEICH.

— DU ÜBERFORDERST DICH, GEORGES. UND DU WEISST GENAU, DASS ICH *DIESE* NÄCHTLICHEN STREIFZÜGE MIT DEINEN FREUNDEN GAR NICHT MAG... DINGDONG DAS SIND SIE!

— GUTEN MORGEN, HERR BARJOUT. WIR SIND BEREIT. HANS-DIETER UND RAINER WARTEN UNTEN IM WAGEN!

— GUTEN MORGEN, BERND. GUT, GUT... HANS-DIETER, HM... RAINER... DAS IST GUT... GEHEN WIR...

VROOOO...

PRROM

PT PRT PT PT PRT

VRAOOM

CHOC

ENDE

ANFLUG AUF CENTAURI

SZENARIO PHILIPPE DRUILLET
ZEICHNUNG MOEBIUS

ACHTUNG!... EINTAUCHEN IN DEN **HYPERRAUM!**

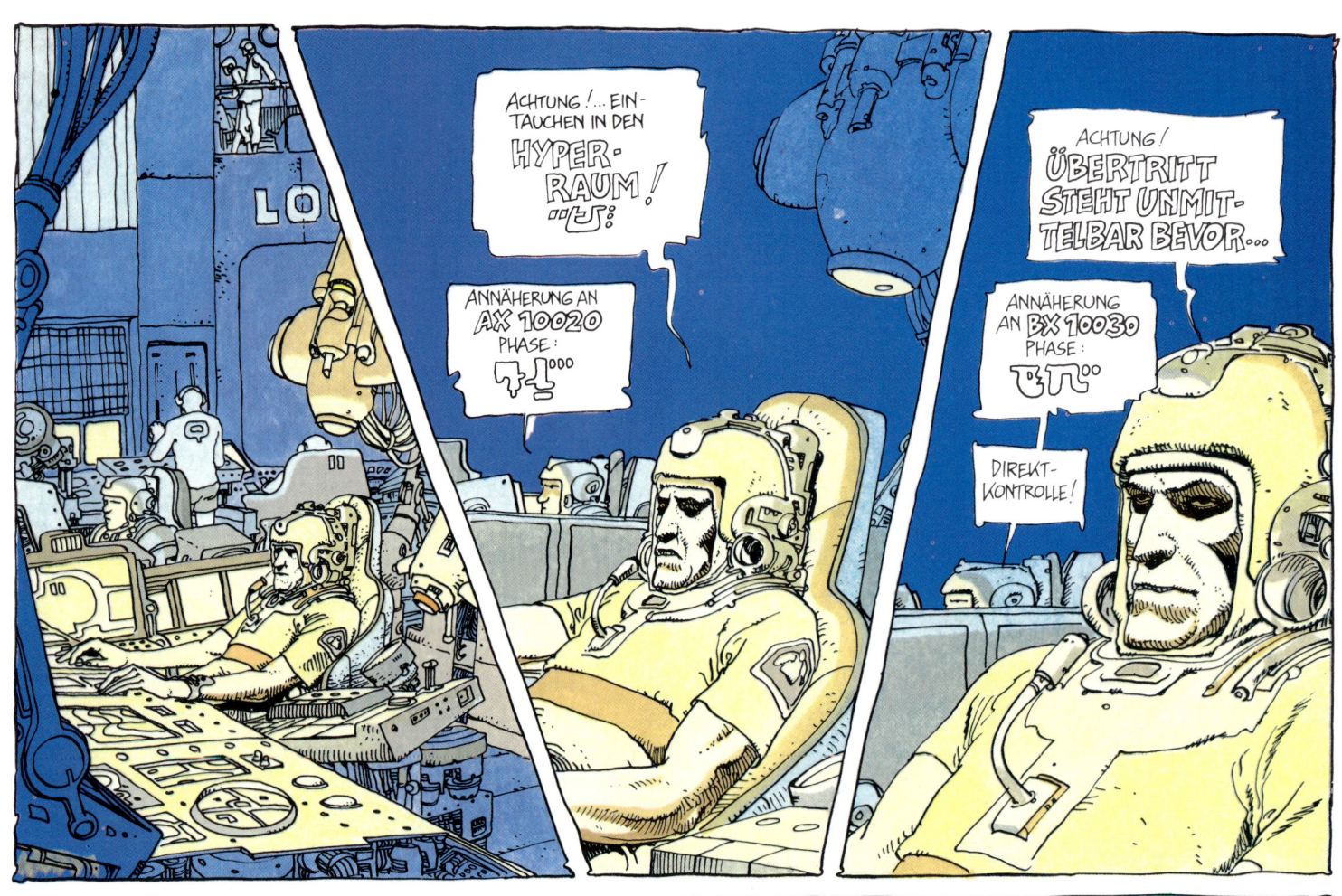

ANNÄHERUNG AN AX 10020 PHASE:

ACHTUNG! ÜBERTRITT STEHT UNMITTELBAR BEVOR...

ANNÄHERUNG AN BX 10030 PHASE:

DIREKTKONTROLLE!

„DIREKTKONTROLLE"! ACHTUNG...!! ZETA ZERO ZAP

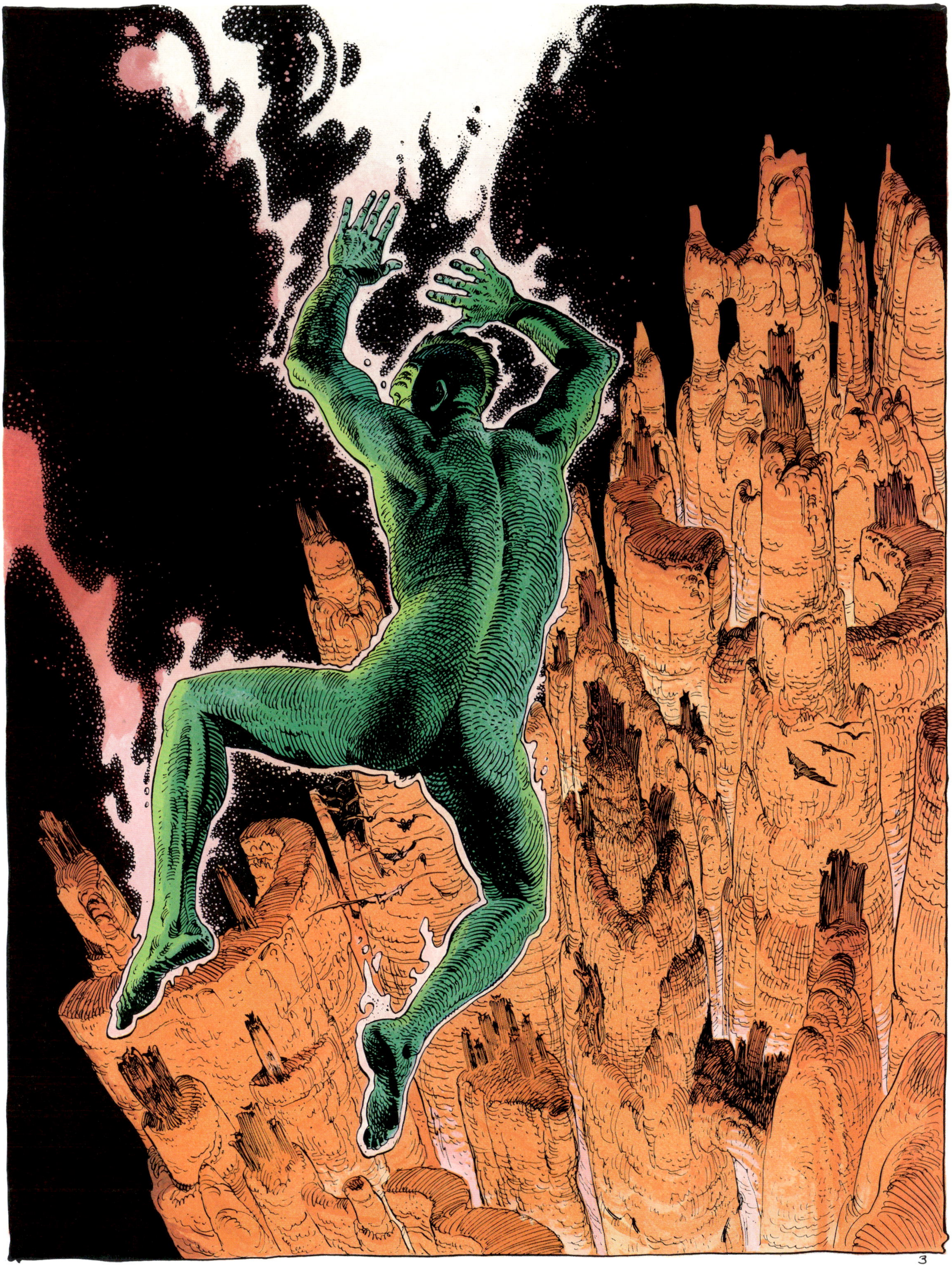
3

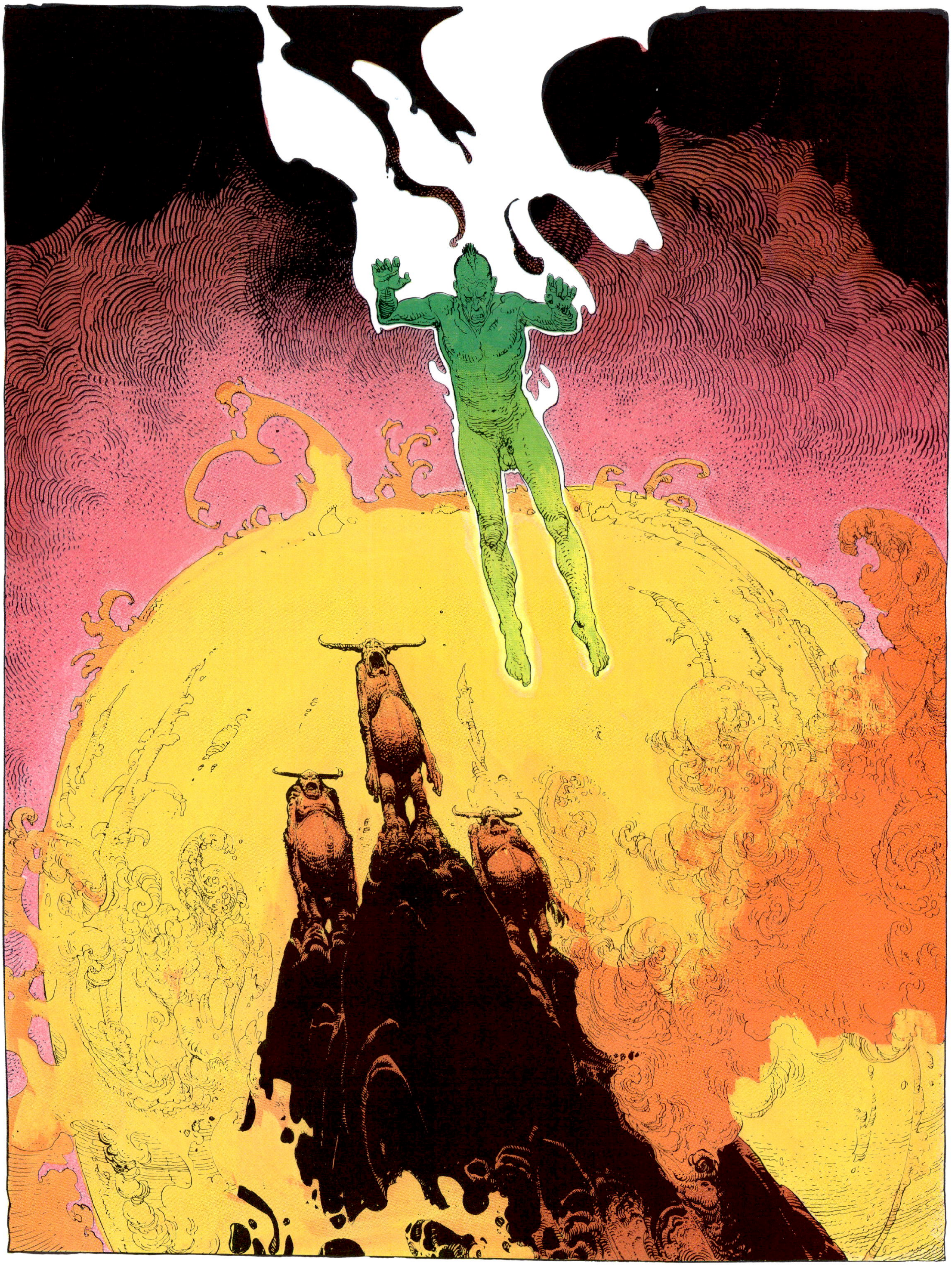

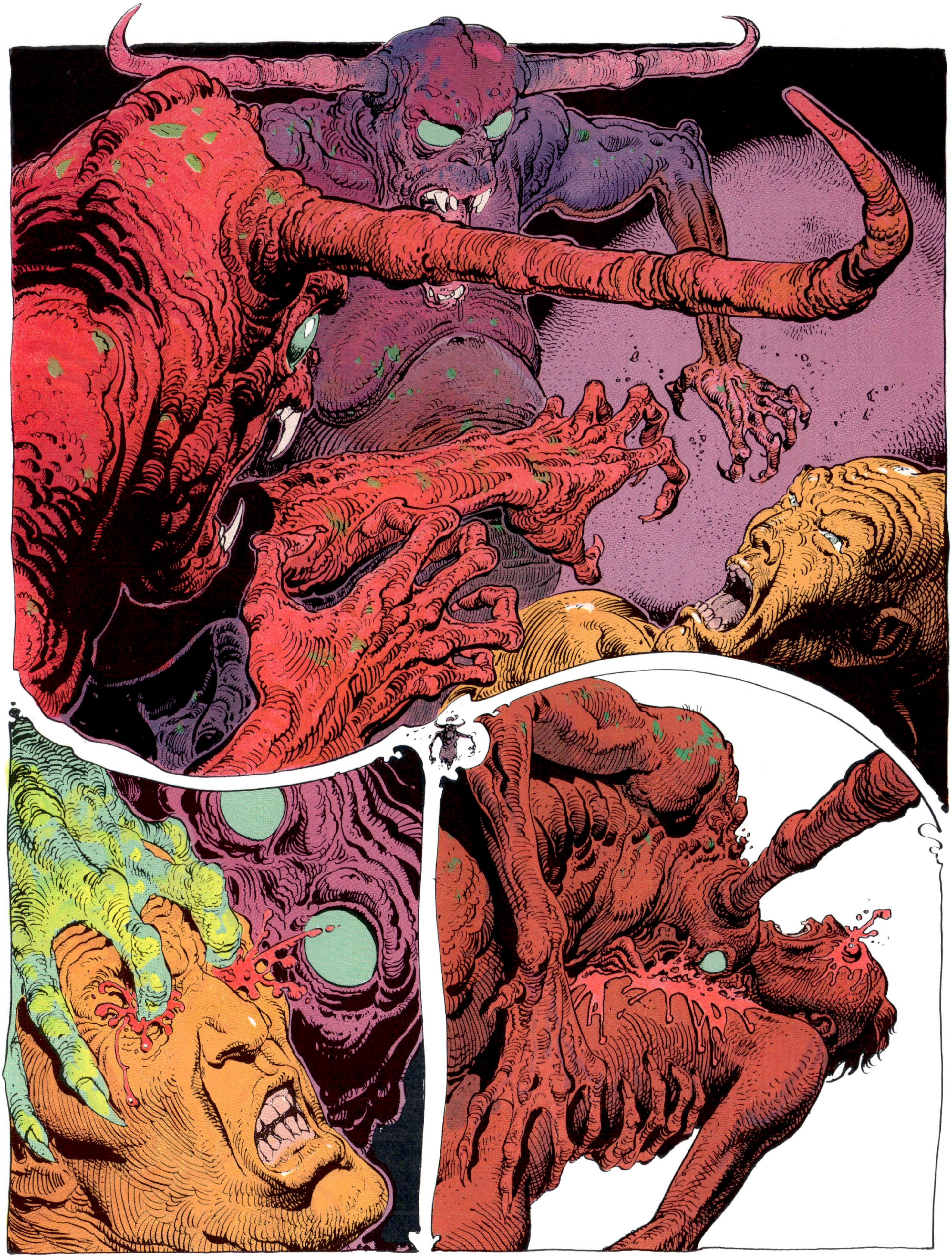

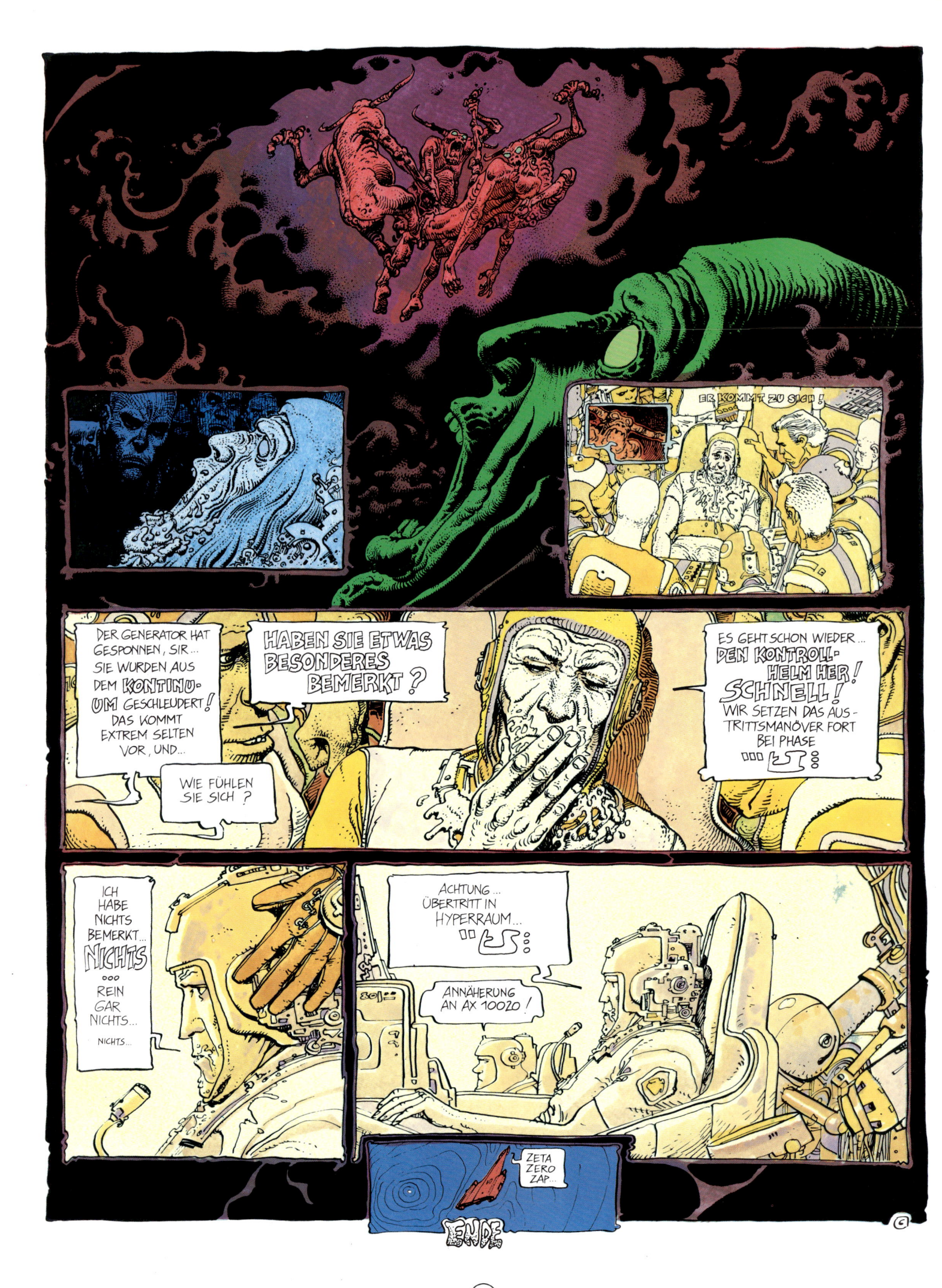

	ER KOMMT ZU SICH!

DER GENERATOR HAT GESPONNEN, SIR... SIE WURDEN AUS DEM **KONTINU-UM** GESCHLEUDERT! DAS KOMMT EXTREM SELTEN VOR, UND...

WIE FÜHLEN SIE SICH?

HABEN SIE ETWAS BESONDERES BEMERKT?

ES GEHT SCHON WIEDER... **DEN KONTROLL-HELM HER! SCHNELL!** WIR SETZEN DAS AUS-TRITTSMANÖVER FORT BEI PHASE ﾛﾛ ⌐ ﾟ...

ICH HABE NICHTS BEMERKT... **NICHTS**... REIN GAR NICHTS... NICHTS...

ACHTUNG... ÜBERTRITT IN HYPERRAUM... ﾛﾛ ⌐ ﾟ...

ANNÄHERUNG AN AX 10020!

ZETA ZERO ZAP...

ENDE

⑳

KTULU

PROLOG

ZEIT: ENDE DES ZWEITEN JAHRTAUSENDS... ORT: EIN BERÜHMTER PALAST IM FERNEN ABENDLAND, DESSEN SCHRECKLICHES GEHEIMNIS WIR ENTHÜLLEN WERDEN.

LOG

DER PRÄSIDENT SCHEINT ZU PRÄSIDIEREN, OBWOHL DUNKLE MÄCHTE IHN BEHERRSCHEN, DIE IN DEN TIEFSTEN SCHICHTEN SEINES WESENS TOBEN. IN DER TAT...

DIALOG

— MEINE HERREN, DIE LETZTE MINISTERRUNDE VOR DEN OSTERFERIEN IST HIERMIT BEENDET. ICH WÜNSCHE IHNEN ALLEN SCHÖNE...

— GUTE ERHOLUNG AUCH IHNEN, HERR PRÄSIDENT!

— SCHNELLER... SCHNELLER...

— DANKE, HERR PRÄSIDENT, DANKE FÜR...

...WARTET ER UNGEDULDIG AUF DIE STUNDE DES KTULU.

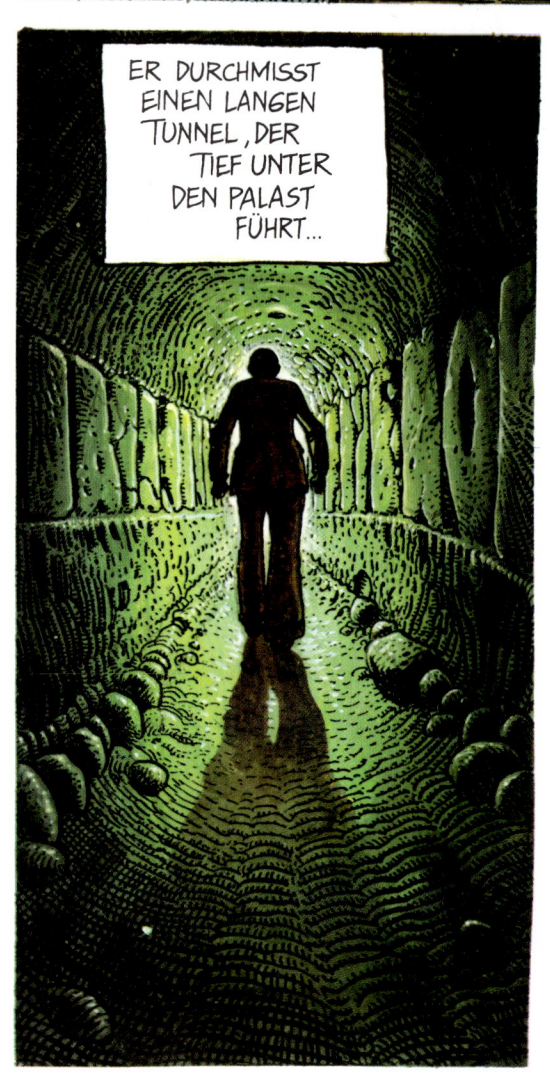

ER MUSS ERST NOCH EIN PAAR HÄNDE SCHÜTTELN...

MEIN SEHR GE- SCHÄTZTER...
SCHNELL

OH, HERR PRÄSIDENT, DANKE!

ICH... OH, JA...

ENDLICH! SIE SIND WEG!

PLÖTZLICH... BEFINDET ER SICH VOR EINER GEHEIMEN TÜR. ENDLICH...!

ER DURCHMISST EINEN LANGEN TUNNEL, DER TIEF UNTER DEN PALAST FÜHRT...

...BIS IN EINEN VERBORGENEN VORRAUM VOR DEM PORTAL ZU DEN UNTEREN BEREICHEN.

« DER JAGDHERR ERWARTET SIE, HERR PRÄSIDENT!

ICH BIN IM KABINETT AUFGEHALTEN WORDEN... »

« DER JAGDHERR WARTET NICHT GERN! »

DIE FÜNF MÄNNER BETRETEN DIE GIGANTISCHE HÖHLE...

GUTEN TAG, LOVECRAFT. ICH BIN DER PRÄSIDENT, UND ICH BITTE, DEN KTULU JAGEN ZU DÜRFEN!

DA BIST DU JA, DU NICHTSNUTZIGER KLEINER PRÄSIDENT, DU VERRÜCKTER, GRAUSAMER UND SELBSTGERECHTER PRÄSIDENT, DU WILLST ALSO BLUT SEHEN, DU MIT DEM SCHAFSGESICHT, DASS MAN DIR MIT SCHEISSE AUF DEN SCHÄDEL GEKLEBT HAT!

OKAY, OKAY, ES STEHT IN DEN BESTIMMUNGEN. WIR, H.P. LOVECRAFT, HABEN DEN PAKT UNTERSCHRIEBEN, DER UNS MIT DEN JÄGERN DIESES PALASTES VEREINT. DU FINDEST EINEN 3000JÄHRIGEN KTULU IM NORDEN DER LAVAEBENE BEI DEN BEIDEN FEIGENBÄUMEN.

ICH MUSS DOCH BITTEN, GROSSER LOVECRAFT! SPAR DIR DEINE AUSFÄLLIGKEITEN UND GIB MIR EINEN KTULU!

MOEBIUS
4

EINIGE TAGE SPÄTER AM BESAGTEN ORT...

DER KTULU!

BLATT-SCHUSS!

SLOBAM

EPILOG

UND SO TÖTEN PRÄSIDENTEN - UNGESCHOREN UND OHNE JEDE GEGENLEISTUNG - UNSERE HEILIGEN TIERE!... GROSSER GOTT, SOLL DIESES VERBRECHEN DENN UNGESÜHNT BLEIBEN?

ENDE

MŒBIUS

DOPPELFLUCHT

ZELLE 50

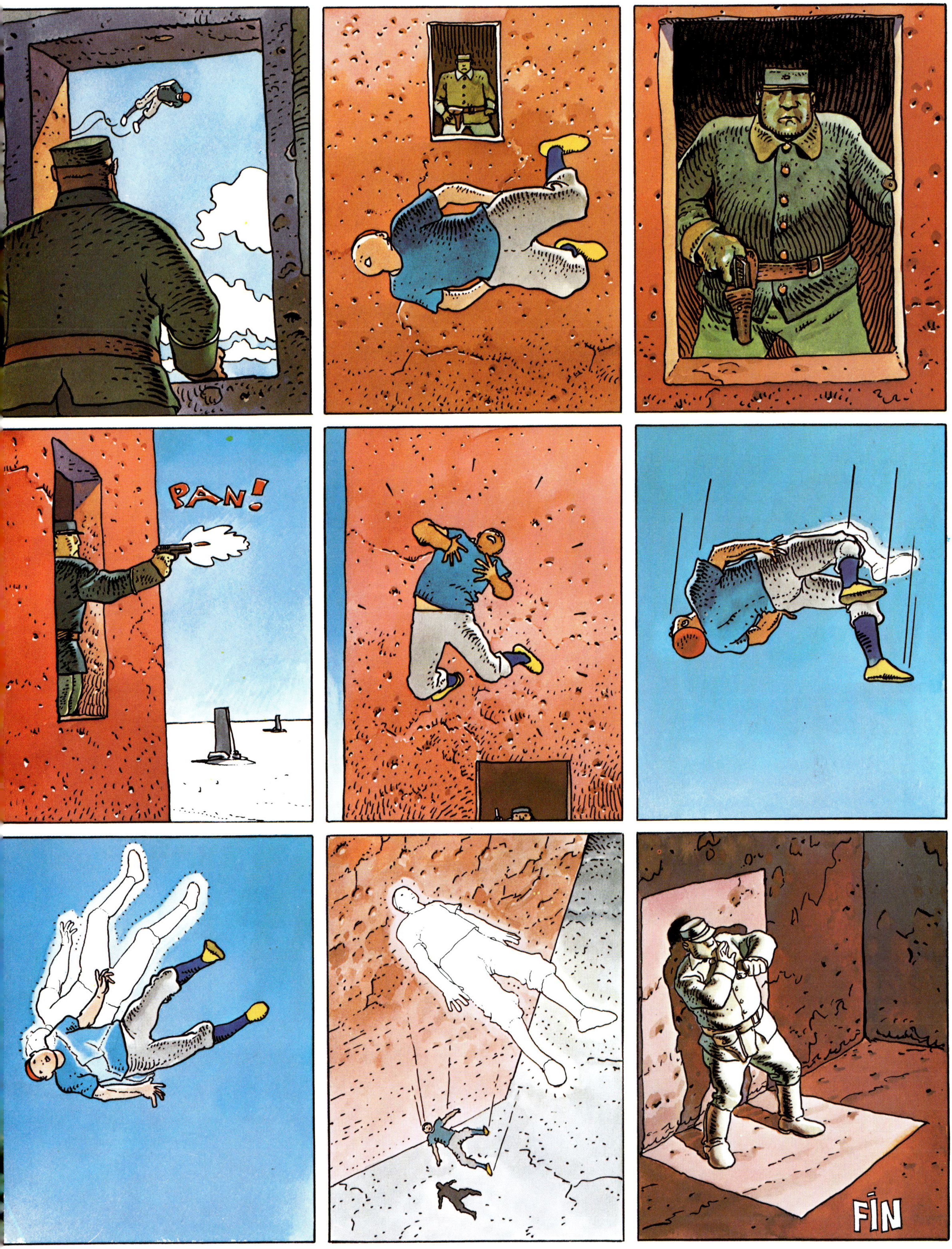
PAN!
FIN

DIE BLINDE ZITADELLE
RITTER TORNSOCK

IN JENEN ALTEN ZEITEN WAREN DIE WEITEN EBENEN IM OSTEN VON FONVIEL LÄNGST WIEDER IN IHREN URZUSTAND ZURÜCKGEKEHRT.

SIEBEN MONATE...!

SEIT SIEBEN MONATEN REITE ICH SCHON, OHNE JE EINER LEBENDEN SEELE ZU BEGEGNEN!

?

NIEMAND ANTWORTET AUF DIE RUFE...

HEHOO!!! IST DA WER?

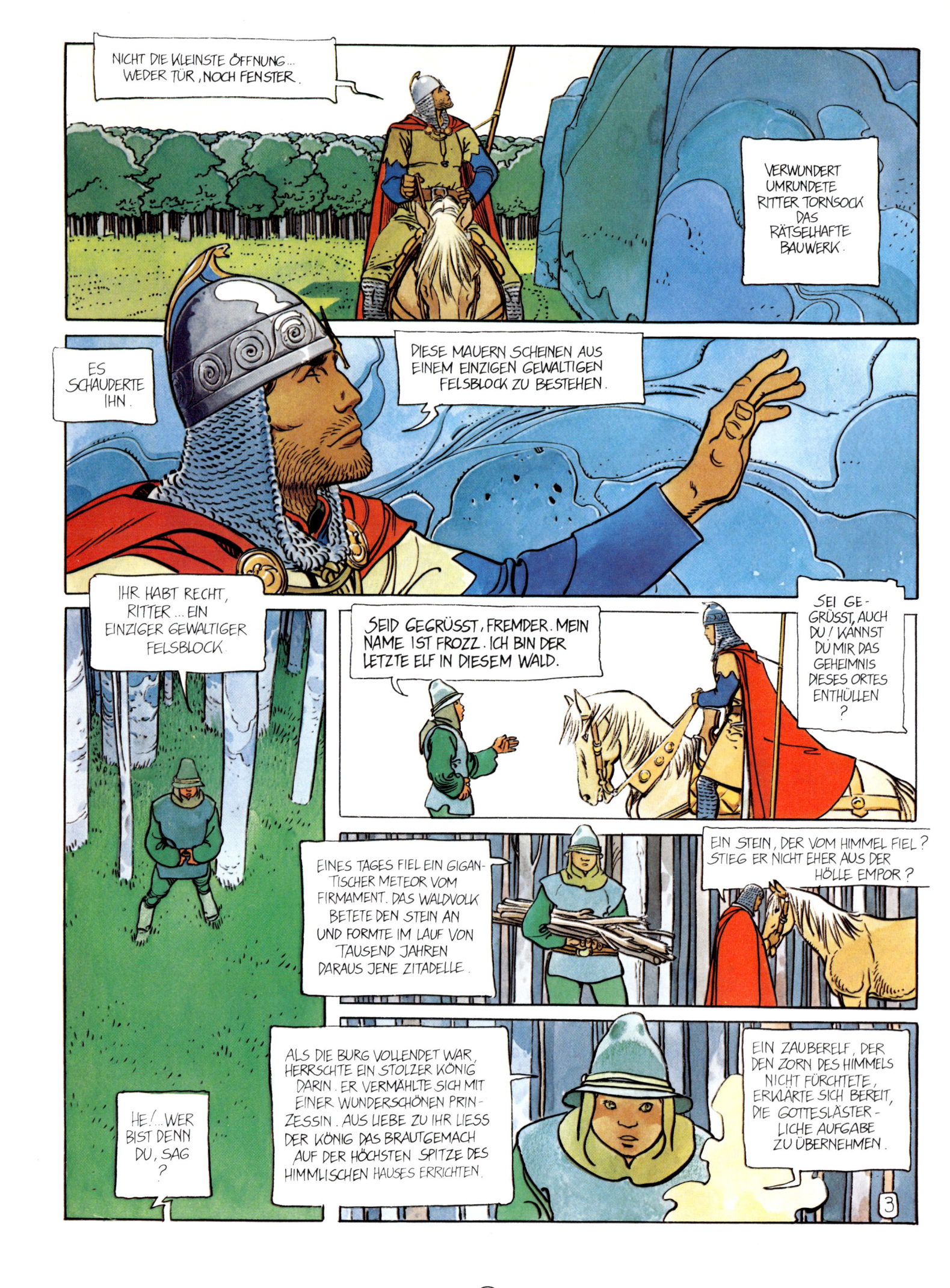

NICHT DIE KLEINSTE ÖFFNUNG... WEDER TÜR, NOCH FENSTER.

VERWUNDERT UMRUNDETE RITTER TORNSOCK DAS RÄTSELHAFTE BAUWERK.

ES SCHAUDERTE IHN.

DIESE MAUERN SCHEINEN AUS EINEM EINZIGEN GEWALTIGEN FELSBLOCK ZU BESTEHEN.

IHR HABT RECHT, RITTER... EIN EINZIGER GEWALTIGER FELSBLOCK.

SEID GEGRÜSST, FREMDER. MEIN NAME IST FROZZ. ICH BIN DER LETZTE ELF IN DIESEM WALD.

SEI GEGRÜSST, AUCH DU! KANNST DU MIR DAS GEHEIMNIS DIESES ORTES ENTHÜLLEN?

EINES TAGES FIEL EIN GIGANTISCHER METEOR VOM FIRMAMENT. DAS WALDVOLK BETETE DEN STEIN AN UND FORMTE IM LAUF VON TAUSEND JAHREN DARAUS JENE ZITADELLE.

EIN STEIN, DER VOM HIMMEL FIEL? STIEG ER NICHT EHER AUS DER HÖLLE EMPOR?

HE!... WER BIST DENN DU, SAG?

ALS DIE BURG VOLLENDET WAR, HERRSCHTE EIN STOLZER KÖNIG DARIN. ER VERMÄHLTE SICH MIT EINER WUNDERSCHÖNEN PRINZESSIN. AUS LIEBE ZU IHR LIESS DER KÖNIG DAS BRAUTGEMACH AUF DER HÖCHSTEN SPITZE DES HIMMLISCHEN HAUSES ERRICHTEN.

EIN ZAUBERELF, DER DEN ZORN DES HIMMELS NICHT FÜRCHTETE, ERKLÄRTE SICH BEREIT, DIE GOTTESLÄSTERLICHE AUFGABE ZU ÜBERNEHMEN.

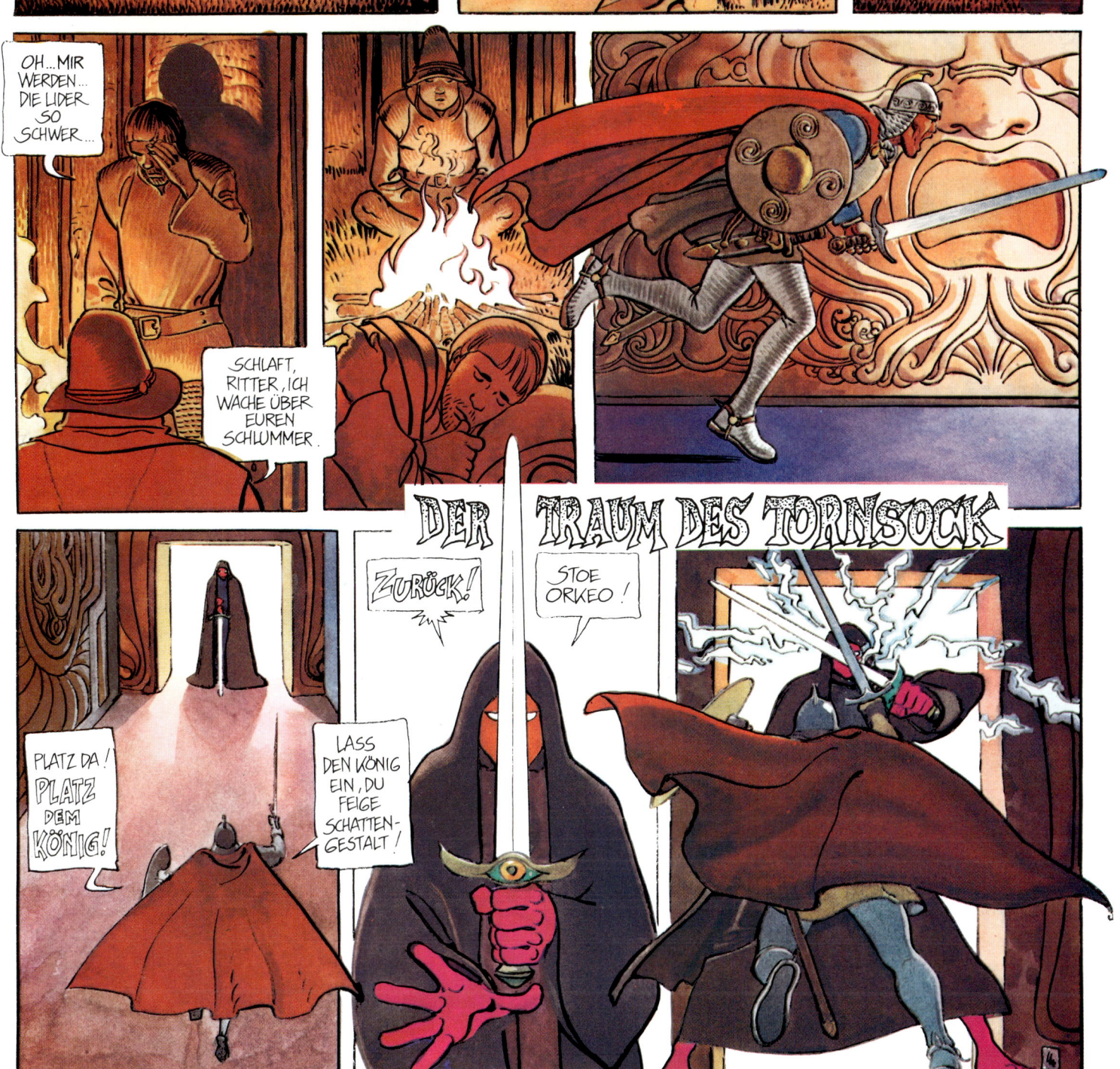

DOCH ALS DER KÖNIG DAS GEMACH BETRETEN WOLLTE, UM ZU SEINER GESCHMÜCKTEN BRAUT ZU GEHEN, TRAT IN EINEM DER ENDLOSEN KORRIDORE EIN SCHATTEN AUF IHN ZU UND GEBOT IHM EINHALT.

DAS WAR BESTIMMT ZAUBEREI?

HÖRT WEITER. PLÖTZLICH VERSCHWAND DIE TÜR DES BRAUTGEMACHS IM STEIN, DER LEBENDIG GEWORDEN SCHIEN. DIE KUNSTVOLL GESTALTETEN FENSTER VERSCHWANDEN EBENSO. UND SO WURDE DER RAUM FÜR DIE SCHÖNE PRINZESSIN ZUM SARG, DEN WEDER AXT NOCH MEISSEL JE WÜRDE ÖFFNEN KÖNNEN.

UND ZUM UNBESCHREIBLICHEN KUMMER DES KÖNIGS UND DES GANZEN WALDVOLKES WAR BALD IN DER GANZEN FESTUNG KEINE EINZIGE ÖFFNUNG MEHR ZU SEHEN.

DAS IST EINE TRAURIGE GESCHICHTE.

OH... MIR WERDEN... DIE LIDER SO SCHWER...

SCHLAFT, RITTER, ICH WACHE ÜBER EUREN SCHLUMMER.

DER TRAUM DES TORNSOCK

PLATZ DA! PLATZ DEM KÖNIG!

LASS DEN KÖNIG EIN, DU FEIGE SCHATTENGESTALT!

ZURÜCK!

STOE ORKEO!

ALLES BEGINNT VON VORN...

...DER WAGHALSIGE HELD TRÄUMT...

...UND IN DIESEM TRAUM VERSUCHT DER LIEBESTOLLE KÖNIG ERNEUT, DIE SCHWELLE DES BRAUTGEMACHS ZU ÜBERSCHREITEN, UND WIEDER...

...WIEDER...

...HINDERT IHN DER SCHATTEN DARAN.

LASS... MICH... HI... NEIN...

O SCHÄNDLICHES BEGEHREN! VERLASS DIESEN STERN! DEINE GELIEBTE IST UNERREICHBAR!
LASS DIE SEELE DIESES RITTERS IN FRIEDEN! KÄMPFE NICHT GEGEN DEN SCHATTEN, O KÖNIG, DENN DIESER KAMPF VERDUNKELT DEINE SINNE!
TAUB, STUMM UND BLIND MITTEN IN DEN WEITEN, MENSCHEN-LEEREN GEBIETEN ÖSTLICH VON FONVIEL...
6
ENDE

REISE INS ZENTRUM EINES TREULOSEN KÖRPERS

DER KAMPFERPROBTE MAJOR ERFORSCHT DEN HERRLICHEN KÖRPER SEINER GELIEBTEN MALWINA... GELEITET VOM PROFESSOR UND UNTERSTÜTZT VON SEINEM TREUEN „ZWEITEN", MACHT ER EINE BESTÜRZENDE ENTDECKUNG...

DIESE STILLE VERHEISST NICHTS GUTES...

PROFESSOR... WAS IST DAS DA VORN?

DA WILL ICH DOCH GLEICH AM SPIESS BRATEN... DAS IST EINE HELFER-ZELLE, DIE VON EINEM AIDS-VIRUS ANGEGRIFFEN WIRD!

IN DER TAT...

WIE SCHÖN DAS IST!

SEHEN SIE DIE KLEINEN BLAUEN KUGELN, MAJOR? DAS IST DER FEIND!

DAS WÜRDE IHRE STÄNDIGEN KOPFSCHMERZEN ERKLÄREN!

ES IST ABSTOSSEND! WIR WOLLEN WEITERZIEHEN. ZUR BAUCHSPEICHELDRÜSE VIELLEICHT. ICH MÖCHTE DIE SITUATION DORT UNTERSUCHEN.

MOEBIUS 86

From Made in L.A. © Casterman

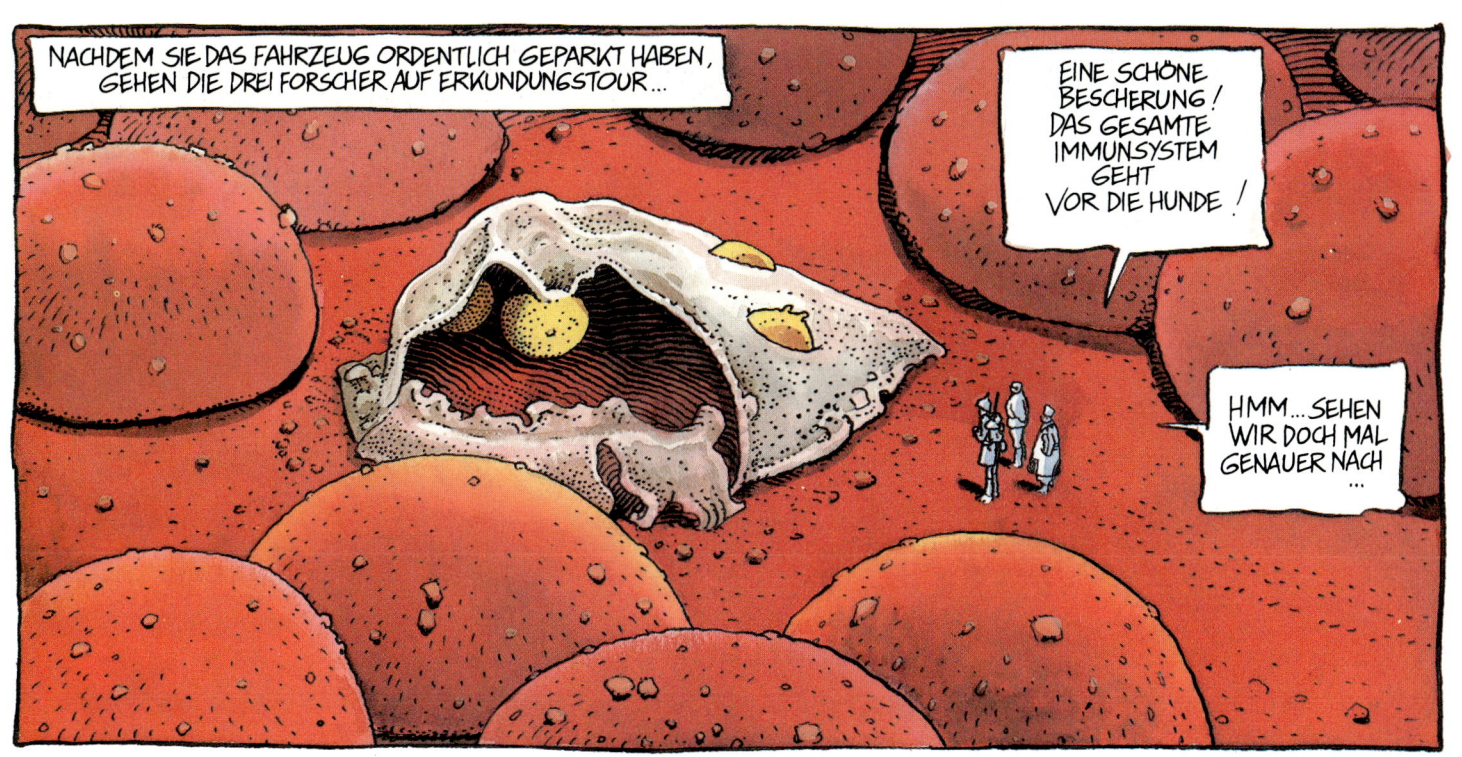

NACHDEM SIE DAS FAHRZEUG ORDENTLICH GEPARKT HABEN, GEHEN DIE DREI FORSCHER AUF ERKUNDUNGSTOUR...

EINE SCHÖNE BESCHERUNG! DAS GESAMTE IMMUNSYSTEM GEHT VOR DIE HUNDE!

HMM... SEHEN WIR DOCH MAL GENAUER NACH...

HEY! DA STECKT IRGENDWAS DRIN!

WUNDERBAR!

ALLMÄCHTIGER HIMMEL... DAS SIEHT AUS WIE EINE BOTSCHAFT! ABER WIE IST DAS MÖGLICH...?

DIESE KÖRPER-INNEN-REISEN BIETEN WIRKLICH EINE MENGE ÜBERRASCHUNGEN!

EIN BRIEF!... AN MICH PERSÖNLICH ADRESSIERT! DAS IST JA NOCH AUFREGENDER ALS EINE FANTASY-REISE!

HIER STEHT: „LIEBER MAJOR G., DU BIST SCHON SO LANGE WEG... ICH HALTE ES NICHT MEHR AUS. ICH VERLASSE DICH UND GEHE ZU LEUTNANT B. WIR LIEBEN UNS. ADIEU. UNTERSCHRIFT: MALWINA"

WOW!

MALWINA! DU HAST MICH BETROGEN! ABER ICH WERDE DICH FINDEN, WO DU AUCH BIST!

WARTEN SIE, MAJOR!

DIESE EXPEDITION IST EIN REINFALL!

ENDE 1986. MOEBIUS

DER "STAR SCHLUCKER", EIN ALTMODISCHES LEICHTES RAUMSCHIFFT MIT IONENANTRIEB, ERREICHT DIE HÜLLE VON PHÖNIXON, EINEM KLEINEN GELBEN PLANETEN IM SEKTOR VON XERES...

MEINE MUTTER DARF DOCH FÜR EIN PAAR WOCHEN ZU UNS AUF BESUCH KOMMEN, NICHT?

ABER NATÜRLICH, MEINE LIEBE, NATÜRLICH!

WARUM SAGST DU DAS MIT DIESEM TON?

WAS FÜR EIN TON?

DIESEN TON, DEN DU GERADE DRAUF HAST UND DEN ICH NICHT MAG!

DAS IST DER TON, DEN EINER DRAUF HAT, DER GERADE ZU EINER SCHWIERIGEN LANDUNG ANSETZT. BITTE, LIEBLING, LASS UNS SPÄTER IN RUHE DARÜBER REDEN, JA?

DAS SAGST DU IMMER: LASS UNS SPÄTER IN RUHE DARÜBER REDEN! UND WENN ES GERADE KEINE SCHWIERIGE LANDUNG IST, DANN IST ES EIN SCHWIERIGER START!

KOMM, SCHATZ, GENIESS DOCH LIEBER DIE SCHÖNE AUSSICHT DA UNTEN...

PFF...

DER MÄRCHENPRINZ VON PHÖNIXON

Panel 1:

AH! UND DABEI HAT MEINE MUTTER MICH SCHON GEWARNT: KIND, HEIRATE NICHT DIESEN VERSAGER! DER WIRD'S NIE ZU WAS BRINGEN! ABER ICH, ICH WOLLTE JA NICHT AUF SIE HÖREN!

KÖNNTEST DU VIELLEICHT EINE MINUTE STILL SEIN, JANINE? ÜBRIGENS SOLL ES LAUT DEM VERZEICHNIS VON XERES HIER AUF PHÖNIXON TOCK-TOCK-FELLE GEBEN, DIE AUF WARLOPP CYGNAE EIN VERMÖGEN WERT SIND! VERSTEH DOCH BITTE, HIER GEHT'S UM ERNSTE GESCHÄFTE.

IST DAS NICHT EINER VON DIESEN KLEINEN RAUM-HÄNDLERN?

SEHR GUT. DANN WERDEN WIR ENDLICH DIESE STINKENDEN TOCK-TOCK-FELLE LOS...!

Panel 2:

HALLO, IHR PHÖNIXON-LEUTE!

HALLO, RAUM-KERL!

HAT DIE DAME VIELLEICHT LUST ZU EINEM KLEINEN ELEFANTENRITT?

(MUSTERKOFFER)

Panel 3:

ZEIG UNS DEINE WAREN!

GEH NICHT ZU WEIT, JANINE! PASS AUF DICH AUF!

KÜMMERE DU DICH UM DEINE TOCK-TOCK-FELLE!

Panel 4:

OH, SEHT MAL DEN...!

AH, IST DER SCHÖN!

UND SO BLAU!

UND DER GROSSE DA ERST, DER AUS PLASTIK MIT DEN BEIDEN PANILS...

SEHT EUCH VOR... ICH GEBE KEINEN KREDIT!

WAS SOLL DER KOSTEN?

HEY! HO! SIR, DIE LADY HAT SICH MIT EINEM WILDEN PAWASCHUSS ANGEFREUNDET!

2

Panel 1:

WAS FÜR EIN WIDERLICHES WESEN! WIRD ES SIE ZERFLEISCHEN UND IN DIE TIEFE ZIEHEN?

ABER NEIN, GANZ UND GAR NICHT!

WOW, EIN WILDGEWORDENER PAWASCHUSS!

Panel 2:

JANINE! HÖRST DU MICH? KANN ICH IRGENDWAS FÜR DICH TUN?

HIMMEL, MEIN MANN! ER HAT UNS ERTAPPT! BALUTIN, LIEBLING, BRING MICH WEG VON HIER!

Panel 3:

NORMALERWEISE BENEHMEN SICH PAWASCHÜSSE ABER NICHT SO...

WAS HILFT MIR DAS?

Panel 4:

ICH FASSE ES NICHT! SIE MÜSSTE DOCH SCHREIEN, SICH WEHREN... STATT DESSEN NENNT SIE DAS DING „BALUTIN, LIEBLING"!

WAHRSCHEINLICH, WEIL DER PAWASCHUSS „BALUTIN" HEISST.

ES SCHEINT IN DER TAT SO ZU SEIN, DASS DER PAWASCHUSS SICH IN DIE DAME VERLIEBT HAT, UND UMGEKEHRT. SEHT MAL SEINE FANGARME... SIE WERDEN GANZ ROSA! DAS IST EIN UNTRÜGLICHES ZEICHEN...

3

SEID IHR SICHER, DASS DAS UNGEFÄHRLICH IST?

ABSOLUT. PAWASCHÜSSE SIND HARMLOS WIE KARNICKEL.

MAN ERZÄHLT, DASS SICH EINMAL EIN PAWASCHUSS SOGAR IN EINE BULLÄNE VERLIEBT HAT! DAS SAGT DOCH WOHL ALLES!

SEHT! SIE TREIBEN SCHON AUFS MEER HINAUS!

ACH... MEINE JANINE TREIBT MIT EINEM PAWASCHUSS DAVON... ICH FÜRCHTE, DAS WERDE ICH NIE VERWINDEN... HMM... UND WIE SOLL ICH DAS DEN OBEREN ERKLÄREN? UND IHRER MUTTER?

AUF WIEDERSEHEN, ERDENMANN! UND MACH DIR KEINE SORGEN WEGEN DER DAME. SIE SCHWEBT JETZT AUF DEN FLÜGELN DER LIEBE ÜBER DIE GOLDENEN OZEANE VON PHÖNIXON. SIE WIRD DIE GLÜCKLICHSTE ALLER FRAUEN SEIN, UND ER DER GLÜCKLICHSTE VON ALLEN PAWASCHÜSSEN.

MÖGE ES SO SEIN. LEB WOHL!

LEB WOHL!

SAG MAL, BALUTIN, DARF MEINE MUTTER UNS FÜR EIN PAAR WOCHEN BESUCHEN KOMMEN?

NATÜRLICH, MEINE LIEBE, DAS IST IHR GUTES RECHT!

WARUM SAGST DU DAS MIT DIESEM TON?

WAS FÜR EIN TON?

DU WEISST GENAU, DIESER TON, DEN ICH NICHT MAG!

PFFFT...

ENDE

- UNGLAUBLICH!
- UNERHÖRT!

DAS ARTEFAKT

„DIE ENTDECKUNG EINES KUNSTPRODUKTS, EINES ARTEFAKTS ALSO, WAR EIN BEDEUTENDES EREIGNIS FÜR DIE INTERSTELLAR-FAHRER: ES BEWIES DIE EXISTENZ INTELLIGENTER WESEN."
H. V. VEGANT, „UNSERE GALAXIE", BAND 1

- SO EINEN GEWALTIGEN PLANETEN VOM TYP **A*** HABE ICH NOCH NIE GESEHEN!
- FAST ZWEIHUNDERTMAL SO GROSS WIE DIE ERDE! DAS SAGT ZUMINDEST DER COMPUTER...

DIE BODENSONDE ZEIGT ABSOLUT MÄRCHENHAFTE BILLENIUM-LAGER AN. **NAB**, WIR MACHEN EIN VERMÖGEN!

LASSEN WIR DIE „GIMBARDE" IN DER UMLAUFBAHN. WIR NEHMEN ERST MAL DEN GLEITER.

DAS MEER!

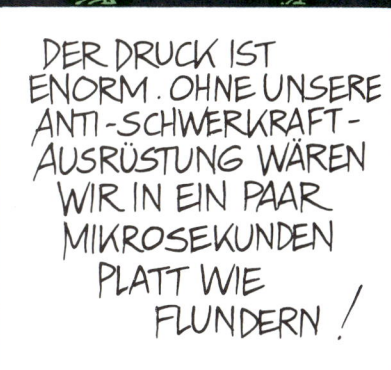

DER DRUCK IST ENORM. OHNE UNSERE ANTI-SCHWERKRAFT-AUSRÜSTUNG WÄREN WIR IN EIN PAAR MIKROSEKUNDEN PLATT WIE FLUNDERN!

GEH MAL ZWEI GRAD NACH OSTEN, DER KARTEN-ROBBI ZEIGT DA FESTES LAND.

DA IST LAND... EIN STRAND! DAS IST JA WIE ZU HAUS... BLOSS GRÖSSER!

HE, SIEH MAL DA-HINTEN! EIN **ARTEFAKT!**

EINE BURG!

"SIEHT UNBEWOHNT AUS!"

"KEINE VOREILIGEN SCHLÜSSE, SCRABBLE! DU WEISST, WIE DIE DIENSTANORDNUNG FÜR SO EINEN FALL LAUTET: SOFORT DIE INFORMATION ZUR GALAXIE TRANTOR WEITERGEBEN UND NICHTS WEITER UNTERNEHMEN!"

"VERGISS NICHT UNSERE BILLENIUM-LAGER, NAB! DU WEISST GENAU, DASS ES AUF TRANTOR EIN PAAR HAIE IM GEWAND DES WISSENSCHAFTLERS GIBT."

"DA, UNTEN AN DEM TURM IST EIN LOCH..."

"NA SCHÖN, GUCKEN WIR MAL. AUSSERDEM SEHEN DIE RUINEN WIRKLICH VERLASSEN AUS. LOS, REIN!"

"WAS IST?"

"KEINER DA!"

DEM ARCHITEKTEN WÜRDE ICH WAS ERZÄHLEN! EIN ZEHN METER LANGER GANG, DER VOR EINER WAND ENDET. DA FRAGT MAN SICH DOCH...

NAB! HÖRST DU DAS AUCH?

EIN ERDBEBEN! HILFE, WIE...

AAAAH

DU KLEINER ROWDY! PAPA BAUT DIR NIE WIEDER EINE SANDBURG, WENN DU SIE IMMER GLEICH KAPUTTMACHST!

ENDE

ROTBART UND DER HIRN-PIRAT

...DASS ICH DREISSIG STANDARD-TAGE IN VERZUG BIN, UND DABEI IST DIE LADUNG VON FLOLUOL UND GE-MASERTEM BLAVUOL EXTREM VERDERBLICH! OKAY... ABER MIT DIESEM HIRNEX MAJOR V, DER...

HÖREN SIE, BOOMY, KOMMEN SIE MIR NICHT WIEDER MIT IHREM MAJOR V! ER KANN GAR NICHT...

CAPTAIN! DAS FASS MIT RUM AUS JAMAICA IST ANGE-STOCHEN WORDEN, UND DIE MANN-SCHAFT MACHT DEN EINDRUCK, ALS OB...

HÖREN SIE DAS, SIE TROTTEL? IHR VERDAMMTER MAJOR HAT EINE FIXE IDEE: ER HÄLT MICH FÜR ROTBART!

TROTTEL?... SAGTEN SIE: TROTTEL?... OKAY, BOOMY, WIR BESPRECHEN DAS SPÄTER AUF KASSIOP! UND VERSUCHEN SIE... BOOMY, HÖREN SIE MIR ÜBERHAUPT ZU? IHRE PILOTENKANZEL IST EIN EINZIGER SAUSTALL!
ICH WERD NOCH WAHNSINNIG!
DIE MANNSCHAFT MACHT MIR SORGEN, CAPTAIN! DER MISCHLING, DEN WIR 1, 2, 3, 4 HUCKEPACK GENOMMEN HABEN, WIRD SICHER EINE MEUTEREI ANZETTELN!
MAJOR V! DU ALTER HIRNLOSER, UNFÄHIGER, SCHIZOPARANOIDER MECHANIKER, ICH SAG'S DIR EIN FÜR ALLEMAL: ICH BIN NICHT ROTBART, UND DU BIST NICHT DER CHEF DER MANNSCHAFT VON ROTBART, DU BIST MAJOR V, EIN BRAVES DICKES ELEKTRONENHIRN, DAS DIESES VERDAMMTE RAUMSCHIFF MITSAMT SEINER VERDAMMTEN LADUNG SOFORT BRAV NACH KASSIOP ZURÜCKBRINGEN WIRD!
DADADADADAS SCHIFF IST ÜBERALL UNDICHT! KLARMACHEN ZUR WENDE!
CAPTAIN GAGAGA GAGAGA GAGAGA GAGAGA
BOOMY! WO WOLLEN SIE HIN? BLEIBEN SIE!
WAHNSINN!
BOOMY!
GAGAGA GAGAGA GAGAGA
BOOMY! DAS LASS ICH NICHT MIT MIR MACHEN!
MAJOR V KANN GAR NICHT... HEEE, BOOMY!...
HAAAA
BLAB... BLEIB AN DER LUKE, CAPTAIN!
KAP KADONG DOOM
MAJOR V KANN NICHT KAPUTTGEHEN!
2

| ROTBART! TEUFEL AUCH, DURCHBOHRT VON TAUSEND SÄBELN LIEGT DER WAWAWAWACHSAME PIRAT AUF DER BRÜCKE SEINES SCHIFFS... |

BOOMY! WO IST DER IDIOT GEBLIEBEN? ICH... DER HÄLT MICH WOHL FÜR EINEN TROTTEL, WAS? HABEN SIE DAS MITGEKRIEGT, DLEE? DER SOLL BLOSS NACH KASSIOP KOMMEN! HABEN SIE NOTIERT, DLEE?

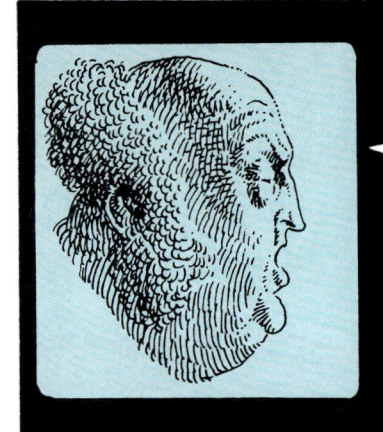

IMMER NOCH NICHTS? ...DLEE!... VERSUCHEN SIE, MOINAR IN DER G.I.M. ZU ERREICHEN! ICH MUSS IHN WAS FRAGEN!

ROTBART, DER SCHRECKEN DER SIEBEN MEERE... KR... 1, 2, 3, 4, 5, 6, 7, 8, 9, B. BACKBORD 12...

KRRF 712 HELDENTOD SWWWW...

DIE EISSCHOLLEN AUF DEM OZEAN WERDEN SEINE LELELELETZ...

OHHH... MEIN KOPF!
...ABER... WO BIN ICH???

LELELELELE-LETZTE RUHE-STÄTTE... HISST DIE FOCK... BACKBORD FOCK... FBZB 12 3467891011 1213 1211109876 54321... INTERGALAKTISCHE WARENSPEDITION BABBABBABBB ZZZZZ BAB BABBABBBB BACKBORT ZZZZZZZ...

BABABABOOORBA BABABORBAABABOR

WAS SOLL DAS HEISSEN? WIE KOMME ICH IN DIESE VER-DAMMTE KISTE?

Panel 1: LASS DIE BLÖDEN SCHERZE, MAJOR V!

Panel 2: BOOMY, IST DER EINEN SAUFEN GEGANGEN, ODER WAS? WAS GIBT'S DENN, DLEE?

ICH HABE MOINAR AUF DEM VIDEOSCHIRM, SIR.

Panel 3: MAJOR V, MACH AUF! ICH KRIEG KAUM NOCH LUFT, HE! HIER DRIN FEHLT SAUERSTOFF!

Panel 4: AH, MOINAR... SIE SIND DOCH DER TECHNO-GROSSHÄNDLER VON DER G.I.M. AUF KASSIOP, NICHT?... GUT... DANN HABEN SIE MIR ALSO DIESEN HIRNEX MAJOR V VERKAUFT, STIMMT'S?... AHA. EINE FRAGE: KANN DER MAJOR V EIGENTLICH KAPUTTGEHEN?

Panel 5: MAJOR V! ICH BIN'S, BOOMY!... ÄH... ROTBART! MACH AUF!!!

Panel 6: UNMÖGLICH, SIR. ICH HABE IHN EIGENHÄNDIG GEBAUT UND PROGRAMMIERT...

ENDE